LA CANCIÓN DEL LAGARTO

por George Shannon

ilustrado por
Jose Aruego
y Ariane Dewey

traducido por
Aída E. Marcuse

Greenwillow Books
An Imprint of HarperCollins*Publishers*
rayo

Rayo is an imprint of HarperCollins Publishers Inc.

Lizard's Song
English-language text copyright © 1981 by
George W. B. Shannon
Illustrations copyright © 1981 by Jose Aruego
and Ariane Dewey
Spanish-language translation copyright © 1994
by HarperCollins Publishers Inc.
Manufactured in China. All rights reserved.

Library of Congress
Cataloging-in-Publication Data
Shannon, George.   Lizard's song.
"Greenwillow Books."
Summary: Bear tries repeatedly to learn Lizard's
song.   [1. Bears—Fiction.   2. Lizards—
Fiction]   I. Aruego, Jose.   II. Dewey, Ariane.
III. Title.
ISBN 0-688-13201-4
PZ7.S5287Li   [E]   80-21432

Visit us on the World Wide Web!
www.harperchildrens.com

A DIANE WOLKSTEIN
— G.S.

A JUAN
— J.A. y A.D.

Lagarto vivía en las montañas del oeste.
Le gustaba vivir allí, en una gran roca plana.
Se sentía tan feliz que a menudo
inventaba canciones.

Las canciones no eran extraordinarias, pero
eran suyas. Casi todos los días bailaba
en su roca, cantando una canción:
    – Tra la ri la ra sa,
      esta roca es mi casa
      roca roca roca – roca roca rasa…

Un día, Oso lo oyó cantar. Oso era uno de esos
que cuando ven algo que les gusta, lo toman.
Así que corrió a la roca de Lagarto y le dijo:
– ¡Enséñame esa canción! ¡Me gusta!

A Lagarto le encantaba compartir sus canciones.

– Siéntate – le dijo – y la cantaré otra vez

para que te la aprendas –.

   Tra la ri la ra sa

    esta roca es mi casa

    roca roca roca - roca roca rasa.

Tuvo que cantarla diez veces

antes de que Oso se la aprendiera.

– Ahora la sé bien – dijo Oso.

Y se fue cantando y bailando.

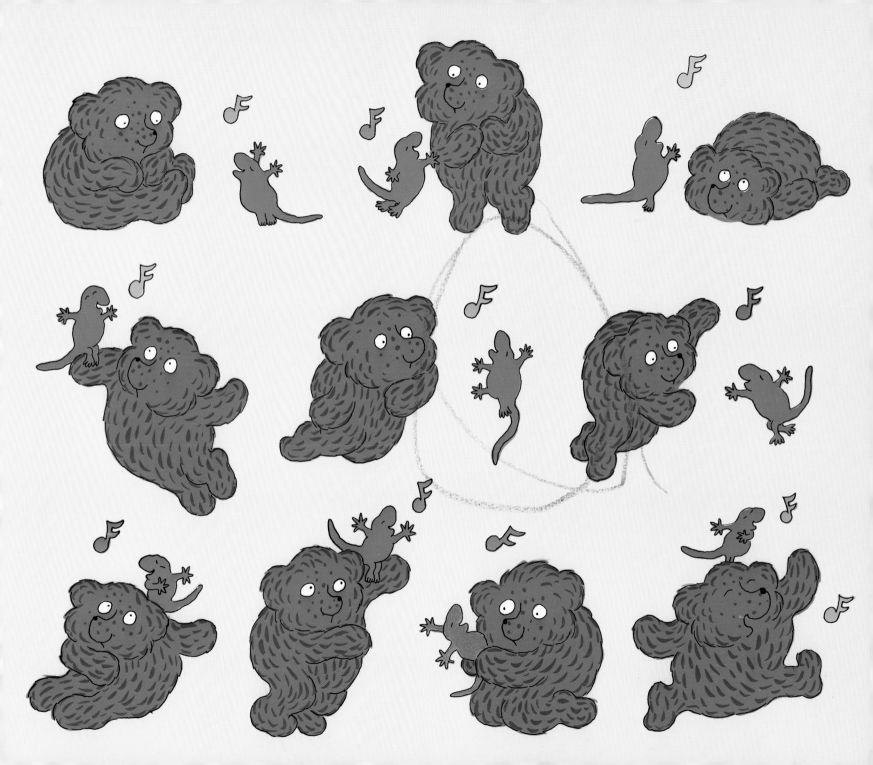

– Tra la ri la rasa.

Estaba tan distraído cantando, que no vio la charca.

– ¡CUA! ¡CUA! ¡CUA! ¡CUA!

Cuando los patos oyeron a Oso, salieron volando justo
encima de su nariz. Oso se asustó tanto que olvidó la canción.

Oso corrió a la roca de Lagarto.

– Lagarto, por favor, enséñame otra vez la canción. Se me olvidó.

Y Lagarto se la cantó otra vez. Una y otra y otra vez.

– Tra la ri la ra sa...

Después de escucharla doce veces, Oso dijo:

– ¡Ya la sé!

Y se marchó.

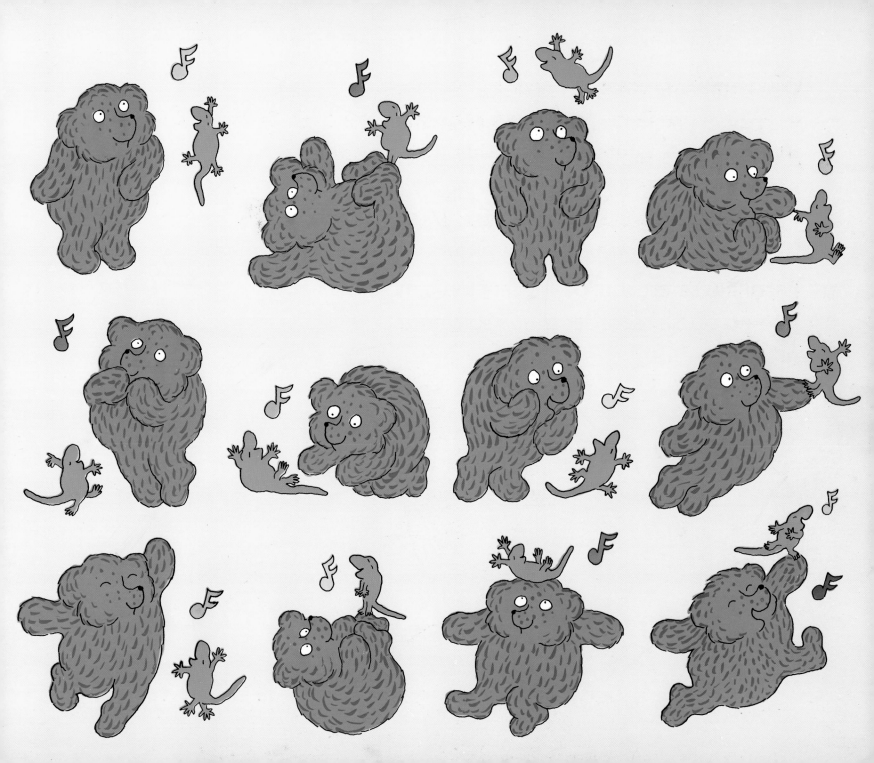

Oso estaba muy orgulloso de su canción.
Iba por el campo cantando y bailando:
– Tra la ri la ra sa…
¡ZÁS! Un conejo saltó de su madriguera
justo delante de Oso. Éste lo persiguió,
pero el conejo corría más rápido.
El conejo se escabulló, y la canción también.
Oso no podía recordar ni una sola nota,
ni siquiera "Tra".

Así que volvió otra vez a la roca de Lagarto.

– Lagarto, – dijo Oso – enséñame otra vez la canción.

Oso le pidió y le rogó, pero Lagarto se había quedado dormido y no oyó una sola palabra. Oso no sabía qué hacer. Pensó y pensó, y guardó a Lagarto en un saco. Lo llevaría a su casa, eso es lo que haría. Con Lagarto en el saco, emprendió el camino a su casa, pero el recorrido se hizo muy aburrido sin canciones para cantar ni música para bailar.

Mientras caminaba, el saco se mecía de un lado a otro.

Lagarto despertó. No veía ni el sol, ni la luna; sólo veía la oscuridad.

Lagarto se asustó y, lentamente, empezó a cantar su canción:

   – Tra la ri la ra sa

     esta roca es mi casa - roca roca rasa -

Oso lo escuchó, se detuvo y abrió el saco.

– Largarto, por favor, enséñame tu canción. ¡Me gusta!

– Oso, – dijo Lagarto, gateando fuera del saco –,
mi canción habla de rocas. Mi canción habla de mí.
¿Qué me dices de ti, Oso? ¿Cómo es tu casa?
– Es una cueva – contestó Oso –. Mi casa es una cueva.

Lagarto pensó, sonrió, y después se puso a cantar:

   — Tra la ri la ra sa

     mi casa es la roca roca roca rasa.

     ¿Cómo es tu casa?

Oso escuchó la canción dos veces, y después
empezó a cantar.

– Tra la ri la ra sa
la cueva es mi casa - la cueva es mi casa.
tra la ri la ra sa.

Cantaron y bailaron por el camino de regreso
a la casa, Lagarto a su roca, y Oso a su cueva.

Tra la ri la ra sa   Tra la ri la ra sa

Esta roca es mi casa   Esta roca es mi casa
La cueva es mi casa   La cueva es mi casa

Tra la ri la ra sa   Tra la ri la ra sa

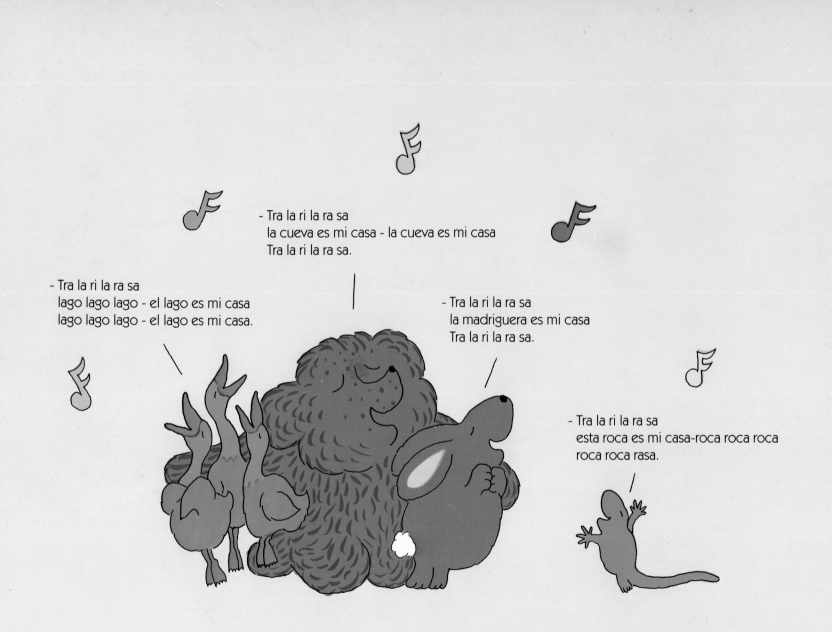